Philipp Winterberg   Nadja Wichmann

Apakah saya kecil?
Am I small?

Text: Philipp Winterberg • Illustrations: Nadja Wichmann
Translation: Universal Translation Studio/Reb Translations • Fonts: Patua One/Arial Unicode
Publisher: Philipp Winterberg, Münster • Info: www.philipp-winterberg.com
Copyright © 2014 Philipp Winterberg • All rights reserved.
No part of this book may be reproduced, stored in a retrieval system,
or transmitted by any means without the written permission of the author.

Ini adalah Tamia.
This is Tamia.

Benar! Tepat!

Right! Exactly!

Tamia masih sangat kecil.
Tamia is still very small.

**Saya?
Kecil?**

Me?
Small?

Apakah saya kecil?
Am I small?

Kecil? Kamu? Kamu lebih kecil dari kecil! Kamu sangat kecil!

Small? You? You are smaller than small! You are teeny-weeny!

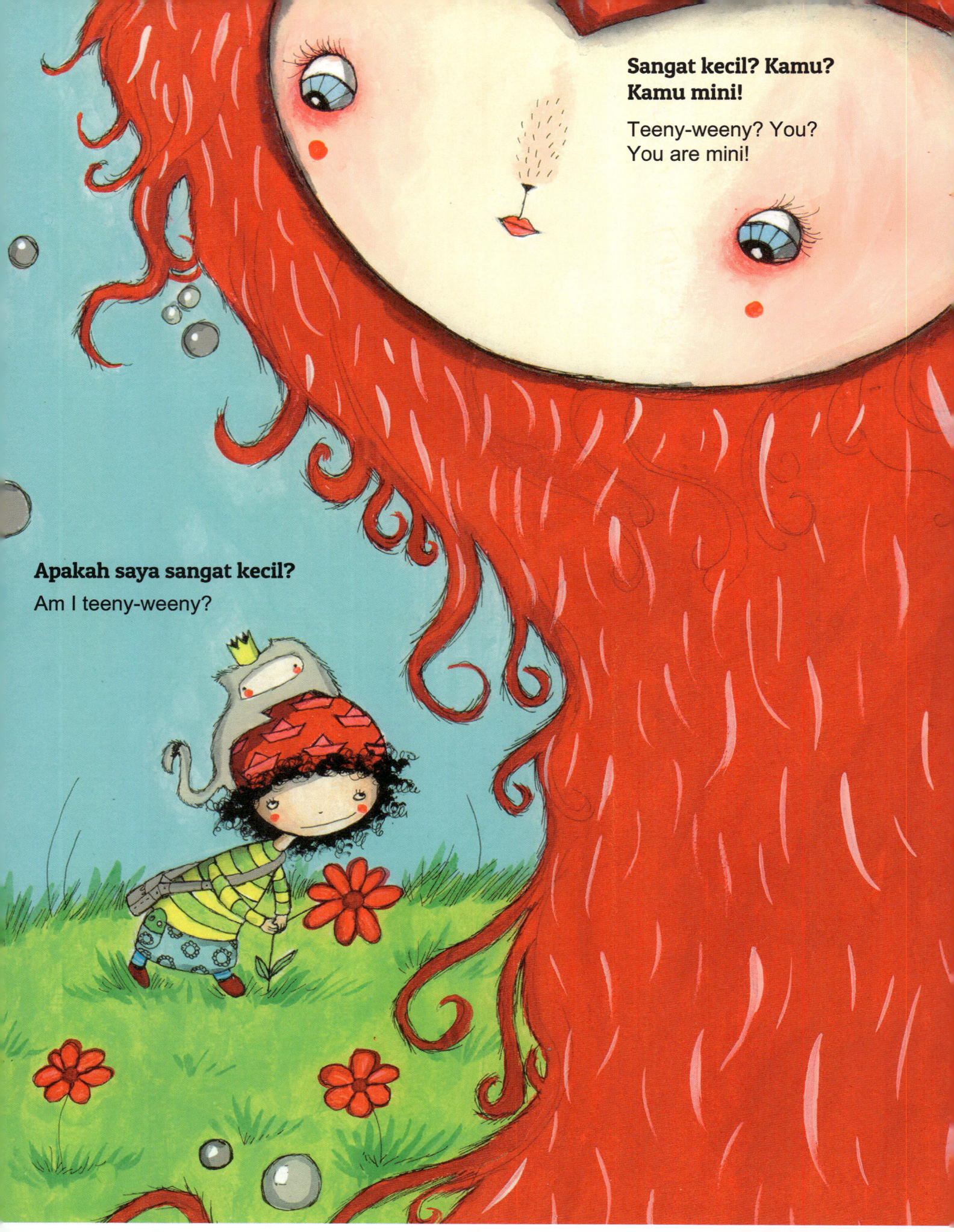

**Sangat kecil? Kamu?
Kamu mini!**

Teeny-weeny? You?
You are mini!

Apakah saya sangat kecil?

Am I teeny-weeny?

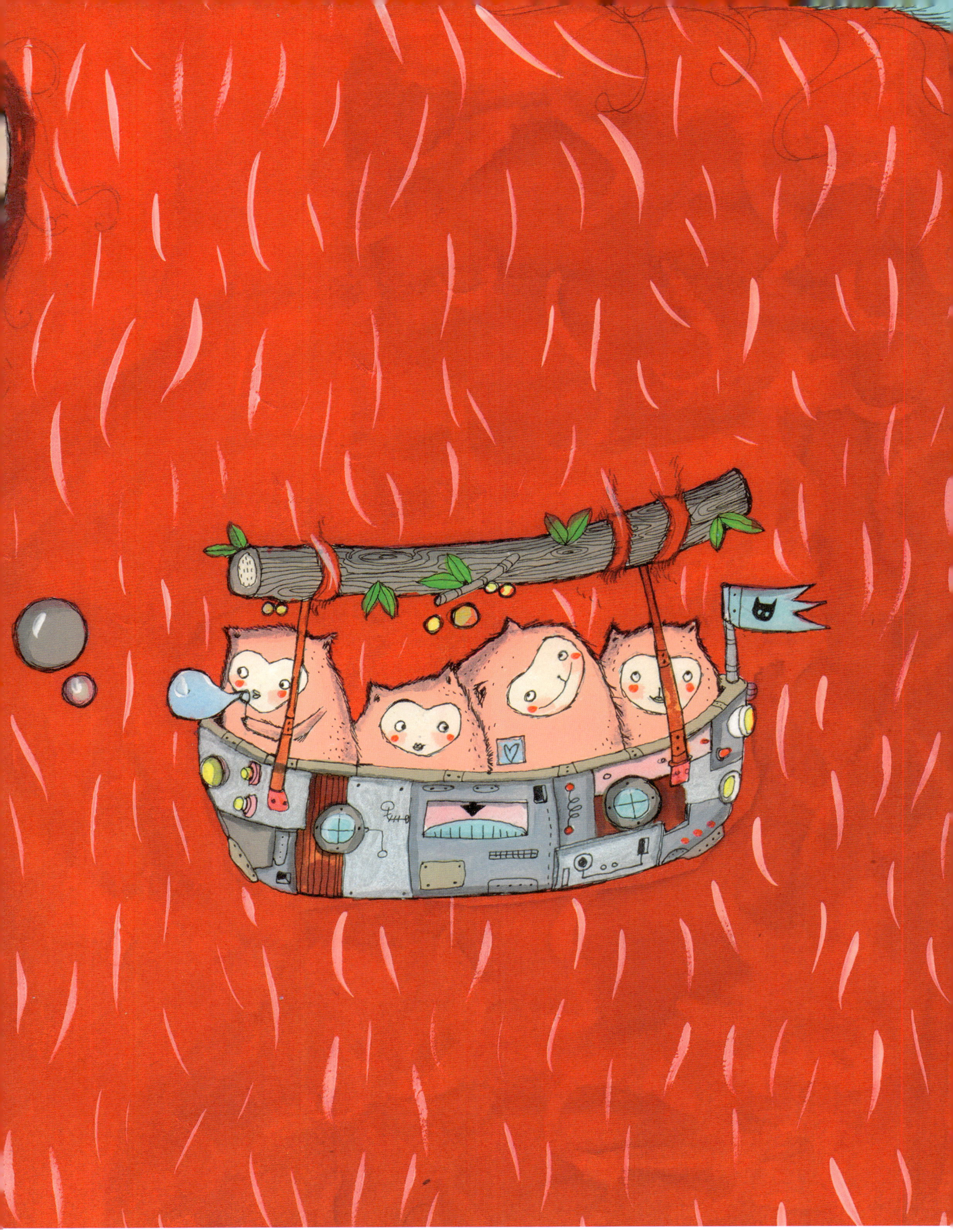

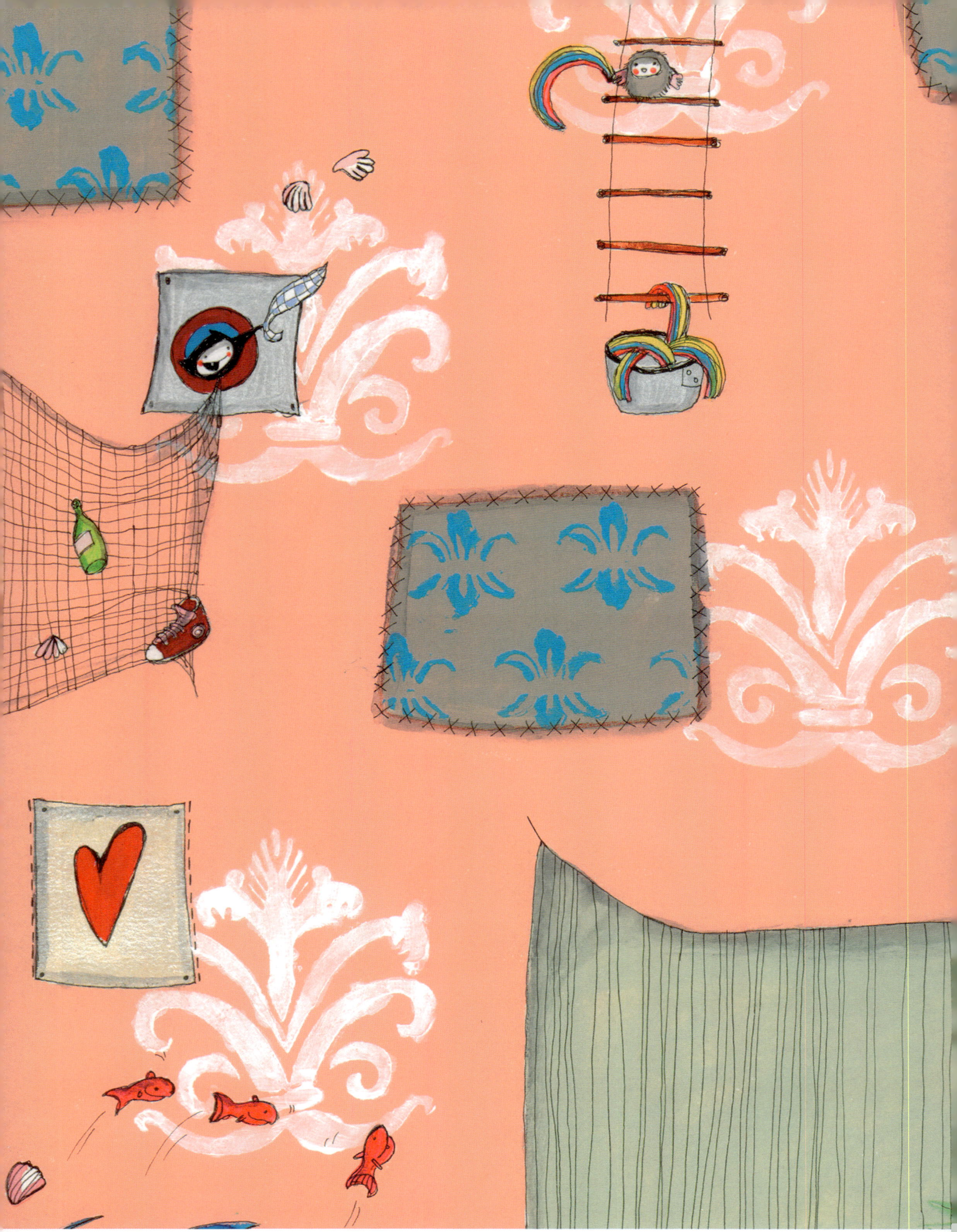

Mini? Kamu? Kamu sangat sangat kecil!

Mini? You?
You are tiny!

Apakah saya mini?
Am I mini?

Apakah saya sangat sangat kecil?
Am I tiny?

**Sangat sangat kecil? Kamu?
Kamu mikroskopis!**

Tiny? You?
You are microscopic!

Apakah saya mikroskopis?

Am I microscopic?

**Mikroskopis? Kamu?
Kamu besar!**

Microscopic? You?
You are big!

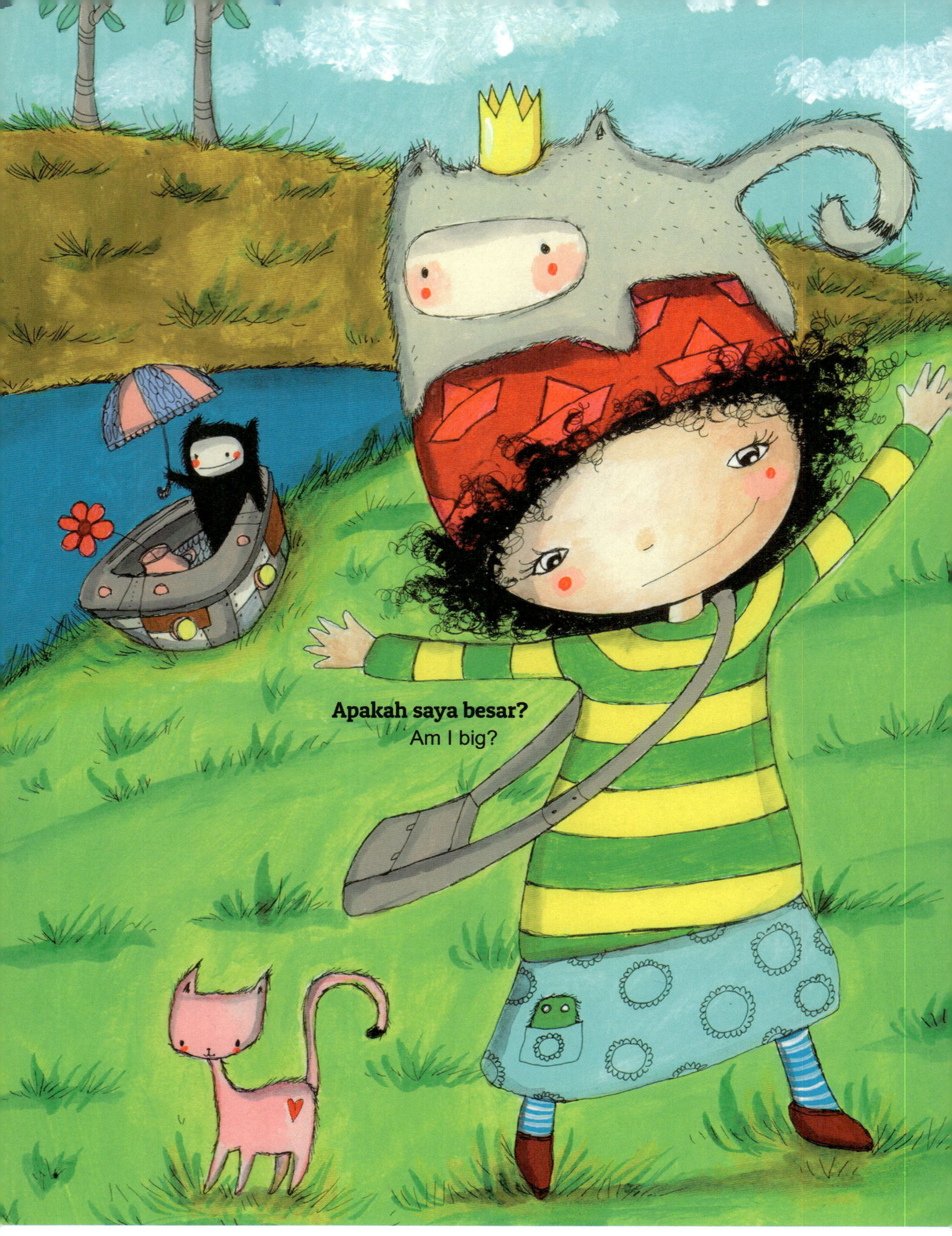

Apakah saya besar?
Am I big?

Besar? Kamu? Kamu sangat besar!

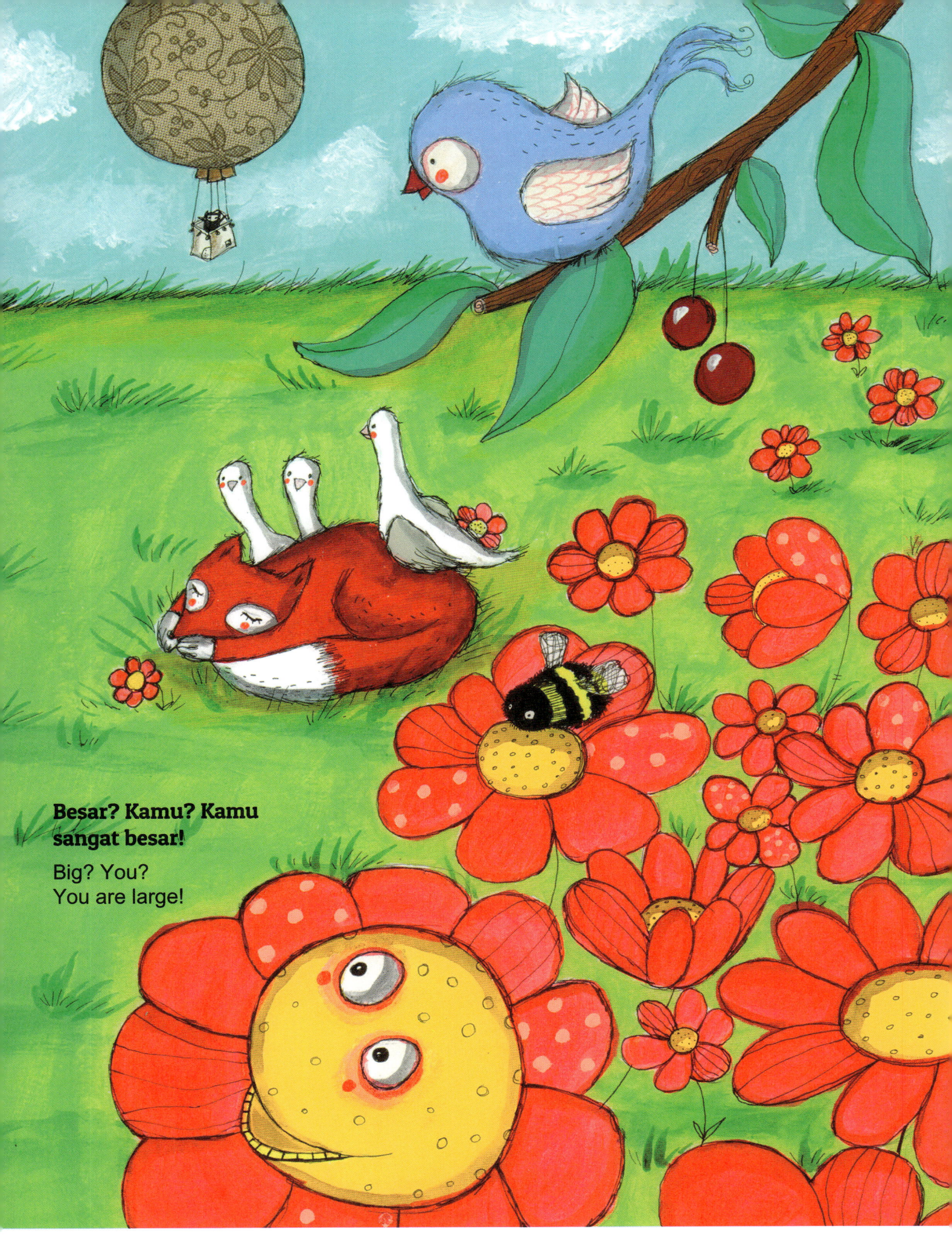

Big? You?
You are large!

Apakah saya sangat besar?

Am I large?

Sangat besar? Kamu? Kamu sangat sangat besar!

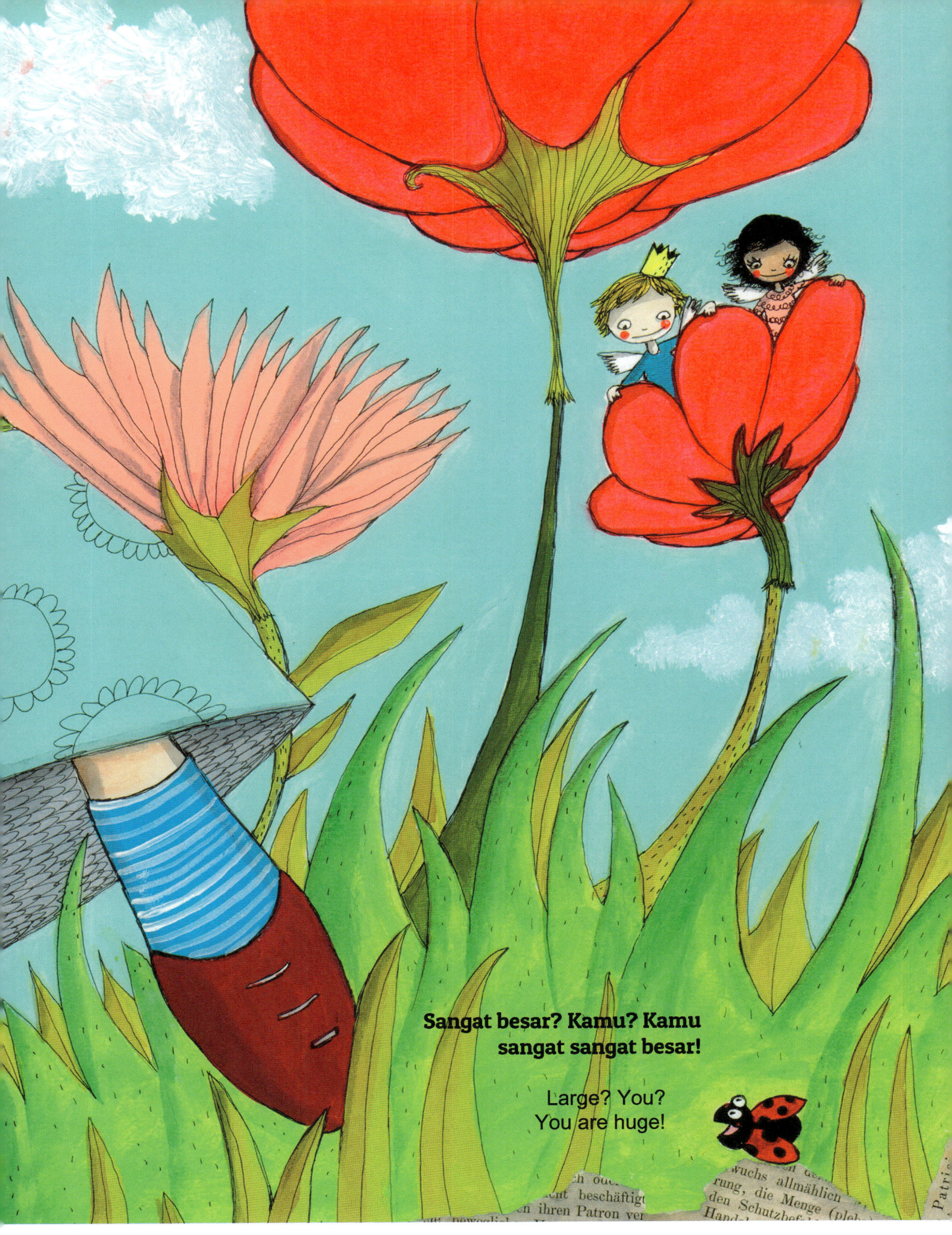

Large? You?
You are huge!

Apakah saya sangat sangat besar?

Am I huge?

**Sangat sangat besar? Kamu?
Kamu raksasa!**

Huge? You?
You are gigantic!

**Tunggu sebentar...
Saya mengerti!
Saya adalah semuanya...**

Wait a minute…
I've got it!
I'm everything...

Mikroskopis!
Microscopic!

Sangat kecil!
Teeny-weeny!

Sangat besar!
Large!

Raksasa!
Gigantic!

Sangat sangat besar!
Huge!

...dan jika saya adalah semuanya, saya juga: benar!

…and if I'm everything, I'm also: just right!

**Benar!
Tepat!**

Right!
Exactly!

Benar!
Right!

Tepat!
Exactly!

Tepat!
Exactly!

More books by Philipp Winterberg

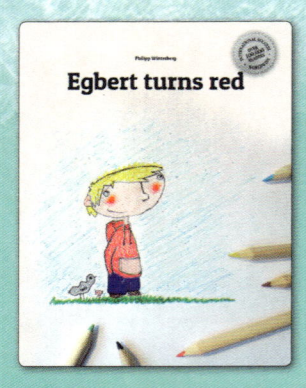

Egbert turns red

Yellow moments and a friendly dragon ...

Print-it-yourself eBook (PDF) Free!

`DOWNLOAD »` www.philipp-winterberg.com

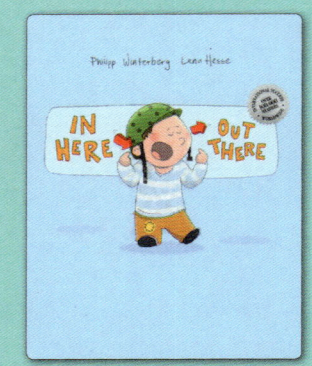

In here, out there!

Is Joseph a Noseph or something else entirely?

`INFO »` ww.philipp-winterberg.com

Fifteen Feet of Time

A short bedtime story about a little snail ...

PDF eBook Free!

`DOWNLOAD »` www.philipp-winterberg.com

Made in the USA
San Bernardino, CA
14 June 2014